돌
돌

이 도서의 국립중앙도서관 출판시도서목록(CIP)은 e-CIP홈페이지(http://www.nl.go.kr/ecip)와 국가자료공동목록시스템(http://www.nl.go.kr/kolisnet)에서 이용하실 수 있습니다. (CIP제어번호:CIP2016029146)

실천시선

250

돌돌

최영철

실천문학사

차례

제1부

2부

3부

제1부

풀수염

　여름 내내 밭에 못 갔다 풀들이 멋대로 놀았겠다 놀다가 내가 궁금해 땅을 박차고 나왔겠다 그 중 몇 놈, 먼 길을 어찌 날아왔는지 내 코 밑에서 자란다 턱수염을 만지는데 새록새록 뿌리를 박은 것들이 까칠하다 땅에 있을 때는 가냘프고 연약했던 것들, 수백리 일자무식 빈 촌놈들, 물어물어 찾아오기가 쉽지 않았겠다 산 넘고 물 건너 밟히고 넘어지며 단단해진 근육, 수풀을 헤치며 수염을 밀어내며 수염 속에서 살아남기가 쉽지 않았겠다 수염과 같은 보호색이었다가 어느새 수염으로 진화한 풀들, 나는 세수할 때마다 풀수염 뿌리에 몰래 물을 준다 잘 삭은 콧물도 한바탕 뿌려준다 코밑에서 풀들이 쑥쑥 자란다 감쪽같이 새까매져서 어느 게 풀인지 어느 게 수염인지 모를 정글이 되어간다

프라이 하는 법

자 이제 준비가 됐나요 똑똑

준비 다 됐으면 마주 두드려 보세요 똑똑

밖은 안전하냐구요

물론이죠 하나둘셋 지금 모두

네 개의 의자가 엉덩이를 내밀고

당신이 걸어 나오기를 기다리고 있군요

날 위해 무엇을 해줄 거죠?

지금 들끓고 있는 저건?

아하 그건 당신이 오신다는 걸 알고 몰려든

군중의 박수갈채

바닥은요? 바닥은 왜 이리 뜨거운 거죠?

그건 단상에 어서 오르라는 환호성

당신 손을 서로 잡으려는 야단법석

살을 파고 든 이 불화살은요?

너무도 고요한, 평온했던 한 시절을 깨우는 축제

자 이제 어서 달려 나와 이 만찬에 오르세요

당신이 가두었던 하얀 성벽

당신이 새끼 친 양수를 깨부수고
노란 벽돌집의 대문을 활짝 열어 보아요
자 보세요 프라이팬 가득 운집한
군중들의 미쳐 날뛰는 열광을

햇살의 내력

햇살이 내 온몸을 간질이고 있다
좋아 죽겠다는 듯 죽고 못 살겠다는 듯
내 마음 그때나 지금이나 한결같은지
첫 손길인 듯 아무도 만지지 않은 섬섬옥수인 듯
천사의 날개부터 시궁창 터럭까지
보이는 것마다 입술을 댄 바람둥이
몇 번 앞길이 막혀 곤죽이 되기도 한 몸뚱이
단단한 방어벽으로 얼씬 못하게 막아도
이리 기웃 저리 기웃 햇살은 핥고 있다
이제 그만 딴 데나 가보라고 돌아누워도
날름 또 혀를 내민다 순정보다 보드랍게
눈물 난다 땀 난다 눈부셔 웃음 난다
아직도 너는 하늘의 하수인 하늘의 비눗방울 하늘의 재채
기
나는 알고 있다 해라는 놈이 얼마나 큰 바람둥이인지
거짓말쟁이인지 사기꾼인지
제 살을 쪼개 수없이 나누어준 수억년 부스럼딱지

하늘을 배경으로 펼친 속임수
손끝 하나 다치지 않고 남김없이 다 거두어간
수수억년 전부터 하루도 쉬지 않고 계속된
천부적 바람둥이의 무한대 농담

붉은 볼 일침

발그레 상기된 볼을 보면
참지 못하고 만지고야 마는 버릇이 생겼다
지그시 눈 감고 큰길가 꽃집 앞에 오래 서 있었다
사람들이 바삐 오가며 깔깔대며 웃었다
내 얼굴도 꽃을 닮아 어슴푸레 물들었던가 보다
은근히 달뜨는 걸 보면
참지 못하는 버릇이 저에게도 있는지
벌 한 마리 속사포처럼 날아와
내 볼을 꼬집고 갔다
미성년자 넘보는 엉큼한 사내로 알았던 것일까
조금 있다 화가 잔뜩 난 몇 놈을 더 데리고 왔다
호되게 일침을 놓은 자리마다 화사한 꽃이 피었다
불긋한 볼 어른어른
며칠간이나 홍등을 내걸었다

감기라는 바이러스 씨

초대한 적 한 번도 없으나 잊을만 하면 수레 가득 감기를 싣고 와 출렁 내 위에 부려놓은 당신, 싱싱한 감기가 왔습니다, 어제 밤 알레스카에서 건져 올린 파닥파닥 살아 날뛰는 감기가 왔습니다, 삶아도 죽지 않고 구워도 죽지 않는, 만질 수도 던질 수도 없는 감기가 왔습니다, 코감기를 드릴까요, 기침감기를 드릴까요, 아 참 기침감기는 매진이군요, 잠깐만 잠깐만요, 열감기는 지금 잘 익고 있는 중, 팔다 남은 목감기는 덤으로 드릴게요, 그대는 잊을만 하면 찾아오는 내 오랜 고객, 견고한 호화 아파트 마다하고 바람 숭숭 이 누거까지 찾아와 꽁꽁 언 빗장을 여셨으니 뜨끈한 아랫목은 당신 차지, 들어오기 무섭게 안부를 물을 새도 없이 까불고 날뛰며 야단법석, 그럴 때마다 눈앞이 아득, 기침 콧물이 줄줄, 요란한 뜀뛰기 날뛰기에 골치가 지끈, 하지만 며칠 못살고 줄행랑 칠 감기라는 바이러스 씨, 정들자 또 이별일 감기라는 바이러스 씨. 금방 손들고 나갔다 다시 중무장해 문 벌컥 열고 나타날지 모를 감기라는 바이러스 씨, 언제 올지 기약 없는 감기라는 바이러스 씨

잊지 마 꿈 세트

내 꿈에 놀러와 비단 꽃길
개울물 재재 둥실 뜬 구름
맛있는 아침바람 거방지게 놀아 볼
내 꿈에 놀러와
거긴 내가 내가 아니야
너 알지 그때 꿈에서 만났던 거
어리둥절 너 다른 꿈 갔던 거
휘둥그레 딴 꿈만 보고 있었던 거
꿈이 얼마나 꿈이 아니었던지
오래전 내놓고 잊어버린 꿈
꿈은 깨고 나서도 꿈이어서 좋았지
태산 같이 쌓인 꿈
다 뜯어먹고 나오면
꿈이 보이던 걸
너 어서 운동장처럼 넓어진
꿈을 돌려줘

거기 마가린, 케첩도 뿌려줘

꿈길 잇는 오작교

달아난 무지개 불러줘

홀쭉해진 꿈의 등 두드려줘

파리해진 꿈의 손 입 맞추어줘

내 꿈에 놀러와

오는 길목 마트에 들러

새로 나온 꿈 세트 한 꾸러미 잊지 마

삼단우산

비가 많이 왔다 일단, 오랜만에 호기롭게 돌아다녔다 이
단, 우산 속에 비를 가두었다 삼단, 이제 그만 나다니기로 하
자 오늘 하루 접이우산 속에 집어넣으려니 잘 안 들어간다
하룻저녁 실언에 흠뻑 젖은 우산 모처럼 곧게 편 몸을 삼단
으로 접어놓아 잘 안 들어간다 움켜쥐고 밀어보는 나를 전
동차 안 여자들이 쳐다본다 흥건하게 젖은 우산 삼단 접으
니 한 주먹, 술 취해 발광한 오늘밤 호기도 접으니 한 주먹,
미안했다고 전화하려다 만다 이게 세상 끝에서 퍼붓는 비를
제 일인 양 막아주었다 제 탓인 양 덮어썼다 오늘 세 번이나
날 접었으니 세상에 대한 체면도 부채도 다 갚았다 이제 그
만 접어두기로 하자 빗발치던 말들 바닥에서 깨져버린 말들
원귀가 되어 휘몰아친 말들 우산에 갇혀 모두 조용해졌으니
비가 그쳤다 일단, 고개를 숙여 휘파람 불며 걸었다 이단, 우
산이 등짐을 내려놓았다 삼단

고독한 사람

말수가 뜸한 사람은 윗입술과 아랫입술 교분이 두터운 사람이다 윗입술과 아랫입술 궁합이 딱 맞아 떨어지는 사람이다 그래서 그 사이를 아무나 함부로 비집고 들어갈 수 없는 사람이다 정말이지 어쩔 도리가 없어 잠시라도 멀어지면 심심하고 보고 싶어서 입술이 파리해지는 사람이다 잠시 떨어져 헛바람이 둘 사이를 지나가면 금방 침이 말라 죽을지도 모를 사람이다

게으른 사람은 손발과 팔다리의 취미가 고독인 사람이다 소싯적 취미란에 아무 의심 없이 고독이라고 쓴 적이 있는 사람이다 손발과 팔다리가 제 일에 바빠 조금만 흩어져도 눈앞이 캄캄해지는 사람이다 팔다리가 한 통속으로 무슨 일을 도모할까봐 걱정이 태산인 사람이다 보고픈 이도 없고 찾아나서거나 악수할 이도 하나 없는 사람이다 온 힘을 풀고 손과 발을 허공에 늘어뜨린 채 홀로 묵상하는 척 하는 사람이다

망각에 대한 항소심

외투를 벗어두고 온다 기억이 안 난다 당연하지 기억은
외투 옆에 있으니까 증거를 남기지 않으려고 슬그머니 기억
을 놓고 온 걸 기억하지 못한다 기억과 외투는 한동안 서로
를 쏘아보며 신경전을 벌인다 별놈 다 보겠다는 듯 서로를
외면한다 왜 저런 게 내 옆에 있는 거지? 한번 해보겠다는
건가? 서로를 엮어볼 건더기를 찾으려다 만다 그 역시 외투
와 외투를 잃어버린 기억과 외투를 잃어버린 기억으로부터
벗어난 그를 잊는다 무관심을 증명할 자료는 어디에도 없다
까맣게 한때 가장 안전한 기억 창고 속에 있었으나 모두 거
덜이 난다 누가 몰래 문을 따주었다는 게 경찰의 추측이다
그것이 법정까지 가는 시비가 되지만 서로는 자신의 무죄
에 대해 자신이 있다 외투와 기억과 그는 법정으로 출석해
검사의 심문을 받는다 서로 아는 사인가요? 확실한가요? 그
리고 마지막으로 그에게 묻는다 정말 저것들과 당신은 아무
상관이 없단 말인가요? 그들은 1심에서 무죄판결을 받고 법
원 앞 대폿집에서 통성명을 한다 이렇게 만난 것도 인연인
데 앞으로 잘 지내봅시다 잔을 부딪치며 껄껄 웃는다 2심에

서 만난 그들은 다시 눈이 휘둥그레진다 도대체 생면부지의
저것들이 나와 무슨 상관이란 말이오?

웃었다 첫닭

첫닭이 웃었다 바로 그 옆 기다렸다는 듯 또 다른 첫닭
이 웃었다 금방 그건 첫닭이 아니라고 웃었다 어제도 그제
도 먼먼 태곳적에도 꼬끼오, 그 전 첫닭을 흉내낸 사이비라
고 웃었다 금방 그건 중상모략 혼성모방이라고 웃었다 꼬끼
오 애타는 절규가 없다고 허파에 바람을 넣어 웃었다 똑같
은 기교를 남발해 목이 쉰 것 같다고 웃었다 저 언덕도 못 넘
어 고꾸라질 것이라고 웃었다 첫닭이라기엔 너무 우렁찬 것
같다고 웃었다 호소력이 없다고 웃었다 저런 한심한 수법으
로 삼백예순날의 삼백예순 해를 두드려 깨웠노라고 웃었다
그럼에도 새벽은 아직 한 번도 오지 않았노라고 웃었다 이
런 세상 첫닭이 어딨냐고 웃었다 아직도 첫닭만 찾는 사람
이 있느냐고 웃었다 꼬꼬대꼬꼬 한 숨 늘어지게 자고 일어
난 늙은 닭 한 마리 새벽이 무슨 대수냐고 웃었다

터져라 당의정

둥글납작한 이것은 곧 폭발할 것이다

매끈 달콤한 이것은 곧 녹을 것이다

사방 몇 밀리 안에 운집한 악의 구조물을 부수러

너는 산 넘고 물 건너 몸에 두른 철갑을 번득이며

쏟아지는 우레를 견뎌야 한다

가고자 하는 목적지에 닿기 전

가장 먼저 혀의 검문이 있을 것이다

안에 무엇이 있느냐 묻거든

어물대지 말고 더듬거리지 말고 딱 잡아떼야 한다

혀는 약삭빠른 놈이다

조금의 빈틈도 허용치 않는 놈이다

여기 보는 이게 다라고 있는 힘껏 버텨야 한다

여의치 않으면 네가 가진 단맛을 반쯤 내놓아야 한다

의심 많은 혀가 또 한 번 묻거든

나머지 반의반도 내놓을 각오를 해야 한다

봐라 이것 밖에 없지 않느냐 씩씩하게 고개 들고

반의반의 반만큼의 단맛은 끝까지 사수해야 한다

쓰고 독한 폭약은 어떤 일이 있어도 숨겨야 한다

목구멍을 지날 때쯤 너의 철갑은 한결 얄팍해져 있을 것이다

자칫하면 네 본분이 탄로날 수 있을 것이다

목구멍이 너를 낚아채 밖으로 집어던져 버릴 수도 있을 것이다

가슴께를 지날 때 용광로 같은 열이 너를 지질 것이다

단단한 철갑은 금방 녹아 흘러내리고

네가 숨긴 폭약까지 녹아 없어질지 모른다

그때부터는 혼신을 다해 미끄러지는 것

아래로 아래로 투신하는 것

곳곳에 도사린 초병들이 너의 정수리를 걷어찰 것이다

목표 지점에 가닿을 때까지 흩어지지 말고

똘똘 뭉쳐 죽을 힘으로 달리는 길 뿐

더 내뺄 힘도 더 빠져나갈 구멍도 없는 거기

그래 바로 지금 당도한 그 허공이 결승점이다

애타게 너를 기다린 무덤이다

바로 거기, 흔적 없이 스며들어 가

터져라 펑

시퍼렇게 얼룩진 고통의 빈틈을 메워라

국밥의 탄생

모두 저 도가니 속으로 들어갈 차례다
흩어져 떠돈 것들 다 모엿
졸과 말 앞세우고 무장들 좌우에 거느릴 필요 없다
복병을 숨기고 정조준 포까지 날릴 필요 없다
한데 뒤섞여 하나로 똘똘 뭉쳐 차렷
후루룩 저 허술한 내장을 공략해 버리자
그럴 듯 보기 좋게 좌우 진용 갖출 필요 없다
도가니 속으로 한꺼번에 밀고 들어가
계급장 상훈 떼고 도가니 속에서 펄펄
충분히 한 몸, 너와 내가 뒤엉켜 없어질 때
서로를 걷어차고 뒤집고 얼싸안아 버리자
어느 게 장인지 졸인지 모르게
머리를 박자 첨벙, 꼬리를 말자 빙빙
몸을 섞자 돌돌, 파고들자 펄펄
처음은 다른 몸이었으나 이다지 뒤섞여
이다지 허물어져 오늘만은 하낫
밤새 들끓자 새벽빛에 반짝

이마에 맺힌 땀방울 도가니 속으로 뚝

비철 이야기

봄에 심어 올라온 상추 씨를 올라오는 족족 다 뜯어먹은
영철 씨가 봄에 심고 남은 상추 씨를 한여름에 또 뿌렸다 아
니면 그뿐이라고 작정했을 영철 씨, 철은 아니지만 철없는
영철 씨가 실망할까봐 상추 씨는 급하게 대궁부터 밀어올렸
다 정말 딱한 일이었으나 이제 내가 줄 건 이것뿐이라고 이
것뿐이라고 쑥쑥 간밤에 긴 대궁을 밀어올렸다 난감한 상추
씨, 여름이 이렇게 뜨거운 게 꼭 자기 탓인 양 상추 씨가 상
추를 빨리 밀어내버려 그런 것인 양, 철없는 영철 씨를 실망
시키지 않으려고 서둘러 올라온 상추 씨가 이젠 됐니? 이젠
됐니? 쑥쑥 대궁을 밀어올린다 밥상에도 어디에도 쓸 데가
없는 비철 상추는 이게 내가 할 수 있는 최대한의 성의 표시
라고 말하려는데, 몰라줘도 그만이라고 말하려는데, 철없는
영철 씨는 머쓱하고 미안해서 웃자란 상추 씨에게 자꾸 물
을 준다 깨알 같은 씨 한 톨에 저런 알아차림이 있나 싶어 감
탄하면서 자신의 성의를 물리치지 않고 넙죽넙죽 받아먹은
상추 씨가 고마워 세상에는 무서운 놈이 많아 너무 많아 중
얼거리며, 영철 씨는 자꾸 상추 씨의 북을 돋운다 시근이 멀

건 상추 씨와 시근이 오리무중인 영철 씨

디엠지 부동산에 대한 전망

　무수한 주검이 흩어진 여기가 하나의 브랜드가 될 전망이
다 지키려는 자와 조금 더 밀고 가려는 자가 사투를 벌인 여
기가 마지막 투기처가 될 전망이다 세상은 결국 땅따먹기
의 연속이었다는 말로 역사가 귀결될 전망이다 반도에서 투
기할 곳은 이제 여기밖에 없다고 전문가들이 입을 모을 전
망이다 그때 던진 젊은 목숨과 그때 던진 수류탄이 다 터지
지 않고 매복해 있을 전망이다 하늘 강 풀 꽃에 퍼부은 포탄,
움푹 팬 흠집에 1급수 자처하는 인간들이 흘러 들어와 침체
된 부동산 경기가 살아날 전망이다 푸른 산과 들이 그것을
부추긴다 해도 수습 못한 뼛조각들이 아직은 불발탄으로 매
복해 있을 전망이다 머지않아 골프장 러브호텔 같은 게 들
어온다 해도 그것이 평화의 조짐은 아닐 전망이다 선을 긋
고 불하받은 자리를 흥정하는 사이 또 다른 전쟁판이 시작
될 전망이다 단절의 원흉들이 여기서 막판 힘겨루기를 할
전망이다 천혜의 경관을 가로막았다고 고소하고 쌍욕 퍼붓
다가 그날의 원혼들 보는 앞에서 총질을 해댈 전망이다 시
중에 나왔거나 곧 나올 디엠지 암반수 디엠지 공기방울 디

엠지 구름 한 송이 좀처럼 피비린내가 가시지 않을 전망이
다 설사와 구토가 이어질 전망이다 거기 살았던 자와 거기
죽은 자와 거기 살고자 하는 자들 간에 소유권분쟁이 끊이
지 않을 전망이다 제 땅을 한 번도 밟아보지 않은 자들끼리
서류상 거래가 대를 이을 전망이다 팔아먹을 수는 있으나
아무도 가지지 못하도록 다시 무수한 지뢰를 숨길 전망이다
맨발로 일주할 가혹한 순례자들이 그것을 밟을 전망이다 분
단이란 게 환승 정류장 근처 술집 색시 이름이 아니란 걸 일
깨워줄 전망이다 단아 단아 부르다가 너와 네가 얼싸안고
죽을 전망이다 전쟁을 묻은 땅에 인조평화가 피어나서는 안
될 전망이다

햇살 한 줌 시키신 분

이것은 하늘의 인증을 받아 금방 출하된 것
하늘 아래 모두 밥 주라는 지엄한 분부
혹시 게을러빠진 녀석들 있을지 모르니
골고루 찾아 먹이라는 살가운 당부
제 심은 것에만 눈길 주는 옹졸한 널 나무라는
하늘 높으신 분의 뜨거운 질타
어둠이 가고 또 하루가 시작되었으니
누구나 속속들이 사랑하라는 지엄한 말씀
바로 서서 내리는 것만으로 안심이 안 돼
몸 기울여 이리 기웃 저리 기웃
모두가 나눠먹게 바람에 버무리기까지
하늘 주방장 막 뽑아낸 햇살 몇 올
후려치고 떠밀고 항로를 바꿔가며
특급으로 막 배달된 푸짐한 코스요리
구운 햇살 간질간질 볶은 햇살 잘 말린 쫄깃한 햇살
잠자코 기다린 응달 구석 풀 한 포기
옳지 여깄구나 정확히 찾아 문 두드리는 중

거기 딸려온 꽃가루 한 접시
특별관리 고객에게만 내는 모처럼의 후식
얼굴 내밀 틈 없이 바쁜 하늘 주방장 서비스
아하, 모두 나눠주고도 여전히 쨍쨍한 대지의 젖꼭지

만세, 삼일절

콩콩 두드려 열어젖힌 땅 감옥
불쑥불쑥 시퍼렇게 보초 선 것들
만세
한겨울 옥살이 젖히고
다 죽어가던 것들
만세
겹겹이 지른 빗장
억누른 흙덩이 창살 부수며
무릎 꿇고 칭칭 묶인 것들
만세
고개 숙여 파르르 떨며 선 것들
만세
더운 국 한 그릇
윽박지른 검은 바닥 뒤집으며
만세
캄캄한 겨울 세상
서늘한 고추바람 날을 버텨

만세
쇠사슬 끊으며
만세
땅속 씨앗들 으쓱으쓱
두 팔 하늘로 밀어올려
만세
파릇 돋는 새잎

납죽

저만치 기어가는 너를 향해
내리칠 찰라
납죽 몸 낮춘 벌레 한 마리
피한 게 분명한 녀석이
죽은 척 납죽
살의는 없었으나 짐짓 있는 힘 다해 내리친
나에게 보은이라도 하려는 듯
영영 숨이 끊어진 척 먼 딴 데를 보고
나 역시 서슬 시퍼런 척 납죽
까무러치는 척 정신을 잃은 척
부리나케 쫓아와
숨이 가쁜 듯 납죽
기어들어가는 척 숨 넘어가는 척
애도하는 척 납죽
그게 탄로나 짐짓 먼 딴 데를 보고
눈시울 닦는 척
그 바람에 한숨 돌리는 척

순식간에 몸 낮춰
장롱 밑바닥으로 납죽

나무의 연인

나무의 연인은 하늘
땅은 제 등을 딛고 가게 내준 백년 서방

잎은 오랫동안 서서 흔들던 푸른 손수건
그 일편단심 떠받든 뿌리의 박수갈채

꽃은 모처럼 하늘에 띄운 내용증명
별이 몇 걸음 마중 나올 때도 있었지

바람의 시샘에 잎과 꽃 다 떨어져
나무가 맨몸을 밀어올린 날

벌거숭이 나무를 안아보려고
이윽고 하늘에서 함박눈이 내렸지

사려니 숲

살금살금 걷기 헛기침 흠흠
콧노래랑 흥얼흥얼
바다 너머 두고 온
그 사람 이름 중얼중얼
새벽 흙 뚫고 나온 벌레랑 놀라지 않게
땅에 발 딛지 말고 걸음은 포르르
발 딛지 않기 힘들지 날개 달기 힘들지
큰 해 받들어 그늘을 만드네 사려니랑
땀 뻘뻘 흘리네 줄참 서어 때죽 산딸
눈으로 구름 불러 넌 벌써 날고 있잖니
소란스런 소리랑* 떠밀어내 봐
노 저어가듯 미끌어지네 사려니랑
산새랑 산들바람 걸음은 포르르
헛기침 흠흠 콧노래랑 흥얼흥얼
우쭐우쭐 날기

---

* 랑/ '~라서'의 제주 말

새날, 하구에서

무수한 갈망들이 흘러갔습니다
빠른 속도로 우쭐대며 왔다가
덩달아 물살 탄 것들과 승승장구하다가
여기에 이르러 모두를 내려놓았습니다

무척 힘든 노정이었습니다
물살은 서로를 밀치며 앞서가려고
구부러진 길들을 지웠습니다
그 때문이던가요
더 크게 무너진 살점들이
한참을 주저앉아 울다 갔습니다

성난 파도가 소용돌이쳤습니다
외로움과 굶주림으로 밤을 밝힌 것들이
먼저 가파른 고개를 넘었습니다
환한 우듬지는 그들 몫입니다
지금 막 강을 벗어나

출렁이는 바다의 출발점에 섰습니다

이제부터 다시 한번 나아가보라고
저리 밝은 해가 앞장섰습니다
수상한 세월을 만나면 무등 태우려고
우렁우렁 푸른 파도가 길을 열었습니다

다시 또 먼 바다로 드는 길목입니다

진흙 쿠키

들마루 저녁밥상
별이 쏟아진다
배고파 빛나는
우묵한 눈동자
보채는 아이의
눈에 들앉은
하얗게 부푼
보름달 배
먹어도 먹어도
눈만 먹먹한
검은 양푼
별밥 한 움큼

백발 연탄

백발이 된 저 연탄

활활 다시 불타진 않지만

이제 막 힘 불끈 솟는 청춘 앞에

디딤돌은 될 수 있지

검은 머리 딛고 나갈 징검돌

어떻게든 나를 짓밟고

단단히 일어서라 떨쳐 나가라

아꼈던 불씨까지 건네주는

후끈한 바통 터치

송송 뚫린 콧구멍 하얗게 새도록

검은 머리 박차고 나갈

시원한 돌파구는 될 수 있지

그해 여름의 소나기

가슴 터질 것 같으면 다 나와라
물 폭탄 쏴아
울고불고 몸부림치며 날뛰어도 좋다
첨벙 엉엉 쏴아

눈물 닦고 싶으면 그냥 있어라
햇볕 세례 쨍

제
2
부

돌돌

순한 것들은 돌돌 말려 죽어간다
죽을 때가 가까우면 순하게 돌돌 말린다
고개 숙이는 것 조아리는 것 무릎 꿇는 것
엊그제 떨어진 잎이 돌돌 말렸다
저 건너 건너 밭고랑
호미를 놓친 노인 돌돌 말렸다
오래전부터 돌돌 말려가고 있었다
돌돌 말린 등으로
수레가 구르듯 세 고랑을 맸다
날 때부터 구부러져 있었던 호미를 들고
호미처럼 구부러지며
고랑 끝까지 왔다
고랑에 돌돌 말려
고랑 끝에 다다른 노인 곁에
몸을 둥글게 만 잎들이 모여들었다
돌돌 저 먼데서부터 몸을 말며
여기까지 왔다

하지의 밤

막차 놓치고 홀로 지새우는 밤이 갓길이다
오늘의 벗은 24시편의점에서 산 양갱
그녀가 좋아했던 달콤한 맛
모처럼 밤이 한 입에 쏙 들어와 녹는다
입에 무니 그녀 맛이 난다
늦은 밤 갓길에 차를 세우고
그녀는 첫 아이로 여름을 낳았다지
양수에 동동 뜬 하지의 밤
뭘 벗하며 나는 갓길의 첫날밤 새울까
기나긴 낮 축제의 부스러기만 남은 짧은 향연
그러고 보니 하지의 밤은 피라미
양갱을 씹으며 밤낚시 드리워 하지를 낚다
하지의 달을 둥글게 펴 밤 불빛에 방생하다

스마트 정진

지하에 새로 개설된 이 수행처의 수련기간은
기껏해야 몇 십 분이다
일제히 문이 열리고
어떤 기척도 언약도 없이
사람들은 가고 사람들은 왔다
가는 곳을 들킬까봐 오는 곳이 보일까봐
모두 고개를 숙인 채 종종걸음이다
손바닥 안에서 뿜어져 나온 광채가
묵상 중인 경건한 하루를 공중분해했다
최근 발굴된 성지에 대해
다소 장황한 소개가 있었으나
아무도 귀 담아 고개 들지 않았다
한때 모두 우러러
저 높은 곳을 바라본 염원이
캄캄한 지하 갱도에 묻혔다
너와 나의 흥망성쇠를 움켜쥔 수평선이
회심의 미소로 가랑이 벌려 환대했다

너는 아무것도
나는 하나밖에 거머쥐지 못했다
묵언으로 모호하게 증언된
예언의 길이 지워지고
낭랑한 음성이 남긴 최후통첩을 따라
오늘 또 하나의 수행처가 사라졌다
이제야말로 생을 통달했다는 듯
새로운 경전의 뚜껑이
경쾌하고 단호하게 닫혔다
예언의 땅으로 가는 화살표가
또 하나 지워졌다
천지개벽의 단서가
지난밤 단꿈에 약속이나 한 듯
모두 묵상 중
일제히 등 돌린 하늘이
오래, 애통하게, 멋쩍게, 웃었다
먼 바다에 수장된 아이들의 아우성이

뒤늦게 상륙했으나

검은 장막으로 귀를 틀어막은 전동차가

더 깊은 땅굴을 팠다

아수라장에서 건져올린

피 묻은 식빵 한 조각을 씹으며

도피는 언제든지 가능하다는

낭랑한 방송이 이어졌다

결국. 더 이상, 아무도,

손바닥 경전에서 눈을 떼지 않았다

경전을 오독한 종착역의 노랫소리가

흥얼흥얼 수면 위로 떠올랐다

빗방울 듣는 밤

나무의 잔소리
돌멩이의 함성
하늘의 침묵
골목 끝집의 소등
기대어 우는 한 남자
똑 똑
우산을 두드리는
노크 소리
나무의 아우성
돌멩이의 비상
하늘의 함성
골목 끝집의 점등
화장을 지운 여자
탁 탁
우산을 뛰어넘는
발자국 소리

바이오테러

전동차 안이 자욱하다

조준도 하지 않고 마구 발사한 총알이

붕붕 떠다닌다

연발 폭발음

전동차는 그것을 연료로

미친 듯이 달린다

그것들의 숙주는 지난 밤 유포해 놓은

달콤한 귀엣말

앙큼한 언약

공생은 퍽이나 오래되었다

기침은 꼬리에 매단 것들을 만방에 떨치며

쿨럭쿨럭 주둥이를 흔든다

전동차는 요란한 기침 발전소

수백수천의 기침 다이너마이트

쿨럭쿨럭 긴 터널을 뚫으며 간다

칸칸칸

고독하고 섬세한 영혼들은 칸막이가 필요해

칸칸칸 칸 지른 식당에 혼자 앉아

조금 더 잘게 칸 지른 1인용 불판 위에 걸터앉아

오늘 불린 살점들 한 조각씩 떼어내며

모처럼 만난 연인처럼 식탁은 온순하지

혹여 이 광경에 칸칸 소름이 끼쳤을라나

칸칸 구토가 났을라나

다음 코스는 아무래도

볼륨을 최고로 높인 1인용 노래방

내 정의로운 열창에 박수치며 칸

이 고기만은 이 노래만은

아무하고도 몸 섞고 싶지 않아

개처럼 접시를 뒤집으며 칸칸

수많은 혀가 핥고 간 마이크 앞에 칸칸칸

우울한 저 핏빛 조명과 블루스

떼를 지어 몰려온 공허

반짝이며 도착한 낯선 환호와 브라보

반 박자 쉬고 한 번 더 칸 칸 칸

무인 전철

콜 부른 게 이제야 생각났다는 듯
전철이 슬며시 내게로 왔다
길을 열어주는 걸 깜박 잊었다는 듯
스르륵 길이 닫혔다
기척이 없었지만
그때 깜박 잊고 나를 섭섭하게 보냈던 사람
얼마나 신신당부였던지
얼굴 없이 몸뚱이만 보여주고 갔다
이 영접이 믿기지 않아 사방을 둘러보자
볼 낯 없는 사람들 천지
모두 덩달아 고개를 숙이고
아무도 모르게 길만 열어주고
길만 닫아주고 갔다
제발 입 다물고 돌아보지 말고
곧장 가라고만 했다
묻지 말고 두리번대지 말고
어서 이 아가리 속으로 들어오라고 했다

서고 싶지 않은 데서 서고

내리고 싶지 않은 데서 내려야 할 것이라 했다

내가 나에게 권유하지 않아도

환한 아가리 속으로

자꾸만 빨려 들어갈 것이라 했다

인기척이 없어도 어김없이 길은 열리고

아무도 없는 미래가

한꺼번에 쏟아져 나올 것이라 했다

길이 너무 많아

길이 하나도 보이지 않을 것이라 했다

무인 모텔

잘 오셨습니다 조심해서 오르십시오 아무나 들어서는 집
아닙니다 아무도 맞아주는 집 아닙니다 남몰래 사랑을 속
삭이실 분 사랑으로 패가망신할 분 환영합니다 어디서 왔
는지 왜 왔는지 묻지도 않겠습니다 섭섭하다 생각지 마십
시오 식사는 하셨는지 요즘 하시는 일은 잘 되는지 알고 싶
지도 않습니다 냉정하다 마십시오 이부자리는 부족하지 않
은지 더 필요한 건 없으신지 혹 객고를 푸실 의향은 없으신
지 묻지도 않겠습니다 며칠 전 이 방에서 무슨 일이 있었는
지 조금 전 이 방에 누가 뒹굴다 갔는지 귀띔해 주지도 않
겠습니다 잘 가라 인사하는 집 아닙니다 서비스업이지만
서비스가 전무한 게 사실입니다 잘 가라 인사할 형편이 아
니어서 미안합니다 그러지 마라고 신신당부해주셔서 고맙
습니다 무엇에 쫓기는 듯 서둘러 용무를 마쳐주어 고맙습
니다 언제 가셨는지 불편한 데는 없었는지 물을 새도 없게
해 주어 고맙습니다 환한 대명천지를 줄행랑쳐 주셔서 감
사합니다 또 오십시오 그때 오셨다는 말 그때 하신 짓거리
절대 말하지 않겠습니다 옆방에 지금 누가 와 있는지도 말

하지 않겠습니다

방음벽

그 아래 소리의 사체가 수북이 쌓였다
처음에는 차마 오를 수 없는 까마득한 요새였다
한 놈의 머리가 깨져 쓰러지고
한 놈 또 한 놈의 몸통이 바스러졌다
차곡차곡 말라붙은 피의 계단이 생겼다
그 아래 파고든 개구멍 같은 걸로
장벽을 헐렁하고 물컹하게 만들 심산이었지만
마침내 두꺼운 콘크리트 벽을 녹이지는 못했다
자신감에 충만한 차들이 내지른 괴성이
벽에 부딪치며 여지없이 산산조각 났다
피의 힘으로도 안 되는 것이 있어
소리들은 뼈로 부딪쳐 보기로 했다
이윽고 뼈의 파편이 수북이 쌓였다
바람에 흩어지기 전 성벽을 구축하느라
차들이 더 빠른 속도로 달렸다
드디어 파편의 아우성이 방음벽을 넘었다
장대높이뛰기로 룰루랄라

깨진 머리통에서 번득이는 소리의 비늘

목구멍 깊숙이 손가락 찔러 넣고

몇 날 며칠 가지고 온 속도의 환호를 게웠다

사랑과 전쟁

하루도 전쟁 아닌 날 없었네
평화를 보장받으려고 굳게 쌓아올린 담 너머
꽁꽁 동여맨 대문 틈으로
독가스 같은 분쟁의 씨가 잠입하고
대서양 넘어 상륙한 대량 살상무기에 감염되어
순식간에 평화가 박살나네
사랑을 까뒤집자 전쟁
사생결단 살림살이가 박살나고
너 죽고 나 죽는 뜻밖의 돌격
시퍼런 욕지거리 집구석 곳곳에 낭자하고
식탁을 뒤집어엎네 접시가 박살나네
정체를 알 수 없는 다국적 울화통이
예상치 못한 악담을 새끼 치고
아 저런 코피가 철철
터진 수도관처럼 쌍욕이 바닥에 철철
개수대 가득 잠입한 오욕의 끄나풀이
그걸 받아먹고 용기백배

그걸 올라타고 룰루랄라

활동을 개시하네

사랑이란 수비태세가 방만했었나?

혀로만 날름댄 응전이 흐리멍텅했었나?

전쟁을 까뒤집자 평화

사랑의 표면은 음흉하고 축축해

전쟁은 그걸 꺼내 반짝 윤나도록 닦아놓는 일

언제 그런 일 있었냐는 듯

우장창 두드려 엎으며 진군한

신명나는 즉흥 난타

제4호 찜질방

죄수복 같은 걸 껴입고 줄지어 들어갔다 어떤 이는 빨간 색을 달라고 했다 어떤 이는 내 인생을 숨길 좀 더 큰 사이즈를 달라고 했다 사람을 어떻게 보고 이러느냐고 화를 냈다 입고 왔던 걸 다 벗어주었지만 담을 그릇이 없었다 아무렇게나 육체를 팽개치고 몇은 불가마속으로 자청해 들어갔다 잠시 살 타는 냄새가 났다 몇은 용케 때를 벗었으나 그 중 몇은 붙잡을 새도 없이 한결 더 뜨거운 화장막 속으로 들어갔다 써 낼 죄목이 여의치 않은 몇은 줄기차게 쏟아진 죄를 뒤집어쓰고 죄를 땀처럼 흘리며 걸어나왔다 차를 갈아타며 이런 델 왜 왔는지 모르겠다고 투덜거렸다 돈을 걸고 사주를 빼보았지만 여기도 별 수 없군 별 수 없어 벗어둔 죄수복 같은 걸 껴입고 더 뜨거운 불가마 속으로 들어갔다

지독한 사랑

　오래전 출가하였으나 깨달음에 이르지 못한 한 수행자가 있었답니다 곡기 끊고 스산해진 메마른 몸 바람에 관절이 툭툭 부러져나가는 나무 한 그루였답니다 가을이 가고 겨울이 오기 전 이제는 틀렸구나, 나무는 제 몸을 강에게 소신공양하였답니다 실오라기 하나 걸치지 않은 깡마른 몸을 받드는 순간, 강은 나무의 성불이 바로 눈앞임을 알아차렸답니다 몇 점 먼지로 날려도 좋을 나무의 몸이 이미 파삭하게 말라있었으니까요 강은 재빨리 제 몸을 얼려 얼씨구나 이게 웬 횡재, 나무의 온몸을 제 가슴에 얼싸안았답니다 강의 냉동보관이 얼마나 지독했던지 나무의 혼까지도 거기 그대로 얼어붙었답니다 먼 데서 온 님을 향해 반갑다고 손을 흔들어줄 수도 없게 되었답니다 나무의 승천은 도루묵이 되고 말았지요 얼음은 곧 풀렸으나 강은 영영 나무를 놓아주지 않았다고 합니다 다만 누군가 가끔 찾아와 물수제비로 문을 두드릴 때 잠시 어른거리는 속내를 보여주는 것만은 허락하였다고 합니다

와불 지나며

산에서 도적을 만난 늙은 중이 가진 것을 다 내주고 나서
말하였다 그래도 의심스러우면 풀로 나를 가두시게 도적은
웃으며 근처의 풀을 당겨와 중을 묶어두고 떠났다 곧 밤이
오고 매서운 바람이 소리치며 칼을 휘둘렀다 풀이 다칠까봐
중은 미동도 하지 않았다 바람이 휘두른 채찍에 중의 몸은
새파랗게 얼어 있었다 뿌리치고 나오면 그만이었으나 중은
또 다른 도적이 나타날 때까지 몇 날 며칠을 그대로 있었다
새 도적이 비웃으며 묶인 중을 풀어주었으나 제 몰골은 아
랑곳 않고 풀이 다친 데는 없는지 한참을 살폈다

누더기를 얻어 몸에 걸친 중이 한 집에 들어가 먹을 걸 구
했다 불쌍히 여긴 주인이 부엌으로 간 사이 집오리가 제 주
인이 만지던 옥구슬을 냉큼 삼켰다 포식이라도 한 듯 뒤뚱
뒤뚱 광으로 사라졌다 주인이 묻자 중은 아무 말도 하지 않
았다 주인은 중을 두들겨 패고 광에 가두었다 중은 밤새 배
앓이를 하는 집오리의 배를 어루만졌다 자신의 배를 가른다
고 해도 절대 말해서는 안 될 것이 있었다 거위는 다음날 옥

68

구슬을 개울에 내놓았으나 중은 더 견고한 옥에 갇혔다 중
은 아직 옥에 있다 뒤뚱거리며 그 집 마당을 돌아다닐 거위
생각을 하며 빙그레 웃고 있다

아내들 사이에 아내가 없다

아내는 집에 있고 나는 쏟아져 나오는 아내들 틈에 있다 곧 아내가 될 아내들이 힐끔 새침 깔깔대며 지나간다 아내는 집에 없고 나는 쏟아져 나오는 아내들 틈에 없다 밥 먹으러 안 오느냐고 아내가 전화했다 밥 안 먹으면 안 되느냐고 대답했다 아내들은 막 학교를 마쳤고 새롭게 창안한 바가지 긁는 법을 외우며 내려온다 날은 어둡고 비는 뿌리고 입맛이 없더라도 식사는 해야지 자기야, 비닐에 든 고등어가 시들어간다 이 정도는 이미 고전이 되었다 시들지 않으려고 냄새가 지독하다 아내의 학교에 하나둘 불이 꺼진다 아내가 내려오면 골목 어귀에 숨었다가 놀래줘야지, 오랜만에 깜찍한 발상을 하며 아내를 기다린다 어느새 남고생이 다 된 내가 건들건들 용기를 내어 여고 운동장으로 들어간다 휘파람을 날려본다 아내의 교실 불이 다시 환해진다 나는 아직 집에 없고 아내는 오늘도 집에 있다

모기젖

올 여름 내 몸은 젖꼭지가 쉰 하고도 여덟
찌르기만 하면 콸콸콸 젖이 나온다
모기야-기야 이리와 붉은 젖 먹어라
가려워 가려워 아유 가려워 어깨가 들썩
너 먹기 좋게 데워 놓은 따뜻한 젖
세상은 온통 숨막히는 살생의 비린 냄새
그래도 배고파 찾아오는 너희 때문에
내년엔 젖꼭지가 쉰 하고도 아홉
걱정 마라 언젠가는 예순일곱 일흔아홉
그때쯤 젖 말라 나 없겠지
모기야-기야 붉은 젖 다 마르면
너 어디 가 배 채울래
너 어디 가 윙윙 비행기 소리 낼래
올 여름 내 몸은 헌혈증서가 쉰 하고도 여덟

주위를 뱅뱅 돌았다

파리가 파리채에 앉아 논다
어제도 그제도 짓이겨져 죽은
동족의 피 터진 흔적
알기나 하니?
파리가 파리채에 앉아 논다
한 마리 두 마리 또 저 멀리서 한 마리
동족의 남은 사체 빠는지
파리채 주위를 떠나지 못한다
며칠 있으면 추석
조상님 산소엔 언제 가나 궁리하는데
파리는 여전히 파리채 주위를 맴돈다
앉았다가 날았다가 몇 바퀴 빙빙 돌다가
어디선가 몇 마리 더 데려왔다
파리채를 번쩍 쳐들었다
파리채를 흔들어 멀리 내쫓았다
몇 마리는 즉사했다
무슨 영문?

파리들은 다시 그 자리에 돌아와 있다
동족의 남은 흔적
수습하고 있는 것인가
줄초상 처참한 주검에
절이라도 하고 있는 것인가
파리채를 번쩍 쳐들었다
다시 가만히 내려놓았다
한쪽에 버려진 몇 마리 사체
파리들은 거기까지 쫓아와
주위를 뱅뱅 돌았다

내빼자 병아

유랑이 허무를 양산하는 일이라는 건
먼 허공을 향해 달려가는 저 구름의 눈빛과
뭉글뭉글 피워 보낸 자식들이
가서 하나도 돌아오지 않는 것만 봐도 확실하다
그 바람에 가슴 아파 뒤척거린 수십 년
보내지 않으면 기다릴 일 도통 없으니
병아 내치지 않을 테니 다른 데 가지 말고
엉뚱한 이 괴롭히지 말고 여기 살다 나하고 죽자
나다니지 말고 쏘다니다 문 열렸다고
아무데나 들어가지 말고 파고들지 말고
병아 더 이상 맺힌 거 없도록
자장자장 여기 날뛰며 놀다가
이르지 않을 테니 소독차 부르지 않을 테니
더 이상 원하는 거 없도록
내 실컷 아파줄 테니 신음 내지를 테니
엉금엉금 기어 건넛방 다녀올 테니
아무 소리 말고 여기 놀다 나하고 죽자

칼 들이대지 않을 테니 몸 아파 저려
쑤셔 정신없는 사이 나하고 몰래
병아 시시콜콜 옮기지 말고
일러바치지 말고 퍼트리지 말고
우리 둘 손 잡고 저 북망 내빼자 병아

달빛의 이력

태풍에 쓰러진 개잎갈나무
마당에 누워 있다 한 달째 시들고 있다
고향 히말라야에서
엄마가 던져준 둥근 달 하나
다 뜯어먹었다 나는 다만 종종거리며
면목面目 없어 면목面木
눈이라도 감겨주려고 다가가는데
끊어진 뿌리에서 잔뿌리들이 돋아난다
상부의 몸통이 이 모든 책임을
뿌리에게 떠넘겼다 죽고 사는 건
이제 너에게 달렸다고
뿌리를 밀어낸다 뿌리를 앞세운다
허공에 내몰린 잔뿌리들 허우적대며
흙을 부른다 엄…마, 나, 숨…막혀,
어서, 이, 손, 잡아…………쥐,
숨이 끊어지기 전 나무 주둥이 몇
흙품을 파고들며 씹다 만 달 한쪽 게워냈다

76

그 달이 무럭무럭 보름이다
개잎갈나무 그제야 눈을 감는다
마지막 사력을 다한 원반 던지기
저토록 환한 달빛

死의 찬미

파리채,
한가롭게 노니는 아이들 면상을 후려친 따귀
콧노래 귀가하던 가장의 머리를 납작하게 누른 바퀴
사랑하는 사람의 따귀를 때린 너의 손

모기향,
꽃뱀처럼 휘감은 달콤한 포옹
애무를 뿌리치지 못하는 사이
허리로 어깨로 입으로 흘러든 독가스

파리채와 다름없는 식칼과 다름없는 모기향과 다름없는
새총과 다름없는 돌돌 만 신문지와 다름없는 다이너마이트
와 다름없는 저 여인이 뿌리고 나온 향수

저 여인이 뿌린 향수에 도취된 너의 혼비백산
혼비백산과 다름없는 질긴 오라

검붉게 말라버린 아스팔트의 혈흔

자살특공대

잎들이 물들기를 멈추고 떨어집니다.
우듬지가 코앞인 잎
눈이 붉게 부어오른 잎
이 악물고 낙 낙
돌아오지 못할 길을 갑니다
그 순식간의 비명
퉁퉁 부어오른 잎의 눈과
창 밖을 보던 제 눈이 마주칩니다
자꾸 줄지어, 아 하느님
뻔히 내려다보시고도 붙들지 않은
하느님 잘못입니다
아직 출발 호각도 울리지 않았는데
황급히 뛰쳐나간 잎들의 반칙 눈감아준 하느님
바람이 받아내려 했으나 못하고
놀란 비둘기 떼가 받아내려 했으나 못하고
악몽 같은 창밖 풍경, 높은 난간 위
잎을 따서 하나하나 날려 보내고 있는

오 하느님

뻔히 내려다보시고도 또 등 떠밀고 있는

하느님 잘못입니다

등대 전설

바다 너머 떠난 님을 죽도록 그리워한 님이 있었다고 합니다

거친 바람에 얼어붙어 돌덩이가 되어버린 님이었다고 합니다

온통 다 얼어붙었지만 눈빛만은 형형하게 수평선 너머를 살폈다고 합니다

난바다를 헤쳐 온 낯선 님을 붙들고 님은 언제 오시는지

님은 언제 오시는지 묻고 또 물었다고 합니다

떠난 님의 안부가 그리운 사람만이 그 눈빛을 봅니다

기다리는 님의 안부가 그리운 사람만이 그 눈빛에 눈 맞춥니다

보세요

옷자락 부여잡는 파도를 뿌리치며 달려온 저 늠름한 귀항

멸치

바다 속이었을 때는 아무 일 없다가
이다지 쨍한 날
믿었던 해와 바람이 날 죽이는구나
살 속 깊이 뼈 속 깊이 파고든 불화살
침이 말라 더 이상 아프단 말도 못하겠다

벌벌벌 벌레벌레

저기 기어가는 벌레

저기 기어오는 벌레 같은 놈

기어간다 또 기어온다

놀라지 마라 짓밟지 마라

저기 놓인 먹이 죽나 안 죽나

저기 저기 벌벌벌 기어가

먼저 시식하는 벌레

그 위험천만한 시식 잔치

지구에 늦게 도착한

인간 벌레를 위한 적선

선임자 달려간다 후임자 달려온다

숨지 마라 피하지 마라

이 야비한 짓거리 망하나 안 망하나

먼저 해보인 벌레 같은 놈

거기 한 박자 더 빠르게

벌레벌레 만방으로 퍼져간

지구 지각생 벌레 같은 놈

벌레 같지만 벌레보다 못한 놈
벌 레 벌 레
벌레들까지 모두 치떨며
손을 내젓는 줄 모르고
액션 또 액션

제
3
부

1초 전

내가 모르는 게 많다는 걸 깨달은 1초 전
내가 잘못한 게 많다는 걸 깨달은 1초 전
1초만 더 물어뜯게 해달라고 애원한 1초 전
1초만 더 시간이 있으면 좋겠다고 착각한 1초 전
1초만 더 미안하다고 사과하려는 1초 전
1초만 더 다시는 못 만날 이 재밌는 시궁창에
1초만 더 청탁을 넣어볼까 망설이는 1초 전
박스 가득 돈을 담으려는 1초 전
마침내 느닷없이 죽을 수밖에 없다는 걸 깨달은 1초 전
멀리 버려둔 지난 생이 순식간에 비상소집 된 1초 전
그것들 볼 낯이 없어 눈을 감아버린 1초 전

약발

목구멍 넘자 시위를 떠난 화살처럼
놈은 막 달려갔다
덜컥 길이 막힐 때 놈이 물었다
이 근처 병 선생 사는 곳 어디요
저…기
얼른 은신처를 알아내고는
경고 한 마디 없이
나쁜 놈 몹쓸 놈 너 죽고 나 죽자
자폭 테러를 단행한 성질 급한 놈 있는가 하면
약도를 들고 조용 살금, 살금 조용
화해를 청하러 온 놈도 있어
이렇게 만난 것도 인연인데
어쩌구저쩌구 너스레 떨며
천방지축 날뛰던 병 주저앉혀
반백년 데리고 사는 놈 또한 있으니
그 놈 참 넉살도 좋다
여러 개 약 먹은 날

노선끼리 한바탕 혈전을 벌이는지

우르르 쾅쾅 저릿 꿈틀

속이 온통 난장이다

어느새 제 짝을 찾아들어갔는지

폭풍 후 잠…잠

이윽고 적막강산

검은 물

물이 죽었다

앓지도 않고 못살겠다 소리치지도 않고

다소곳 물이 죽었다

목마른 어디로부터 급한 전갈 받고

허겁지겁 달려가던 중이었다

달려가다 엎어진 것이었다

왕진가방 풀어헤치고 구급약을 바닥에 쏟았다

벌컥벌컥 속살까지 환하던 투명한 눈

어둡게 감겼다

이제 더 이상 갈 데 없다

갈 길 찾지 못하겠다고 웅덩이에 주저앉았다

맥을 놓고 통곡한 사지가 썩고 있다

돌부리에 찢기며 수천수만 리

홀로 고꾸라졌다

누가 가래침을 뱉었다

오줌을 갈겼다

두 손 받들어 공손히 들이키던 물의 몸

시커먼 수의에 덮였다
헌화라도 하듯 경의라도 표하듯
담배꽁초 비닐 부스러기 바쳐졌다
초승달 달빛에 썩은 물의 혼령 어른거린다
승천하지 못하고 시커먼 얼굴로 숨이 끊겼다
여기서 죽자
더 가 봐야 갈 데도 없다
갈 데도 없는 길울 가서 무엇해
이리 와 죽자 나하고 죽자

아침이다

아무도 안부를 묻지 않는 아침이다 아무에게도 안부를 물을 수 없는 아침이다 생사를 확인할 길 없는 아침이다 생사를 확답할 수 없는 저녁이다 숨소리도 들리지 않는 저녁이다 위층 남자의 마른기침 소리가 들리는 저녁이다 구사일생 마지막 숨을 몰아쉬는 새벽이다 아래층에 쿵쿵 발소리를 내보는 새벽이다 땡땡 빈 밥그릇을 두드려보는 새벽이다

죽은 체 그만하고 이제 그만 일어나 누가 노크 좀 해줘, 초인종 한 번 눌러줘

안간힘으로 다시 속삭여보는 아침이다 살아도 산 게 아니라고 낙서해놓은 저녁이다 쌍욕에 따귀라도 때리고 싶은 한밤이다 따귀를 맞고 벌떡 일어선 찬바람이 서늘한 칼을 들이대는 새벽이다 다 못한 이 말 한마디 목이 찢어져라 중얼거려보는 아침이다

미 안 해 이 제 그 만 좀 … 미안해

백야白夜

내게 가장 슬픈 날 내게 가장 두려운 날은 아직 오지 않았네

얼마나 다행인가 무수히 떨어져나간 잔챙이의 나날

너와 내가 중간쯤에서 만나 맞바꾸기로 하자

얼마나 다행인가 네가 탐욕스럽게 거머쥔 행운과 내가 미련스럽게 매단 불운

되도록 멀리 가서 아무도 모르는 곳에 묻어버리기로 하자

별

뒷집 아저씨 감자 캐고 있는 게 보인다
소쿠리 들고 가 만원어치 달라고 했더니
어서 가서 숨 끊어지기 전에 삶으란다
숨 끊 어 지 기 전 에
그 말 중얼거려 보니
그보다 야멸찬 말 없다
땅으로부터 내쫓긴 감자의 가쁜 숨을
저녁내 손에 넣고 어루만졌다
우묵한 감자별 중천에 떴다
별 찾아 하늘을 우러러보다
밤 마실 어슬렁거리던 두꺼비를 밟고 말았다
하늘을 찢어놓는 단말마 비명
구름이 깔고 앉은 뭉개진 별 하나
요 며칠 저쪽 나무 그늘에 앉아 날 보고 손짓하던
아흔 노인이 돌아가셨다
지금 막 행장 챙겨 하늘 바깥으로 날아가는 중
잘 쏘아올린 발사체

또 하나의 별이 간다

발사체가 떠난 빈자리

벌써 다른 것들이 나와 꼬물거린다

귀성 차편을 알아보느라 줄을 서고 새치기 하고

별이 되려는 지망생들이 천지사방에서 모였다

나무들의 단식

내놓은 집을 보러 온 사람들이 다녀간 뒤
잎들이 자꾸 마른다 자꾸 시든다
마당 한쪽 빽빽하게 일가를 이룬 것들
나무들이 들을까
나는 돌아서서 조심조심 말했지만
얼른 손사래를 쳤지만
눈치 빠른 몇 놈이 순식간에 소문을 냈다
밤낮없이 수군대는 소리가 들리더니
우리 집 작은 화단
가을 가고 겨울 오는 동안 침묵농성이다
웃지도 않고 속삭이지도 않고
인사도 않고 건들건들 흔들리지도 않고
묵묵부답 잎들은 시들었다 잎들은 고개를 돌렸다
시든 채 말라비틀어져 몸을 꼬면서
떨어지지도 않고 멀리 가버리지도 않고
가지 끝에 매달려 있다 안간힘으로 안간힘으로
갈라터진 입술을 들썩이고 있다

그 아우성 때문인가 그날 이후 한번도
집을 보러 오는 사람이 없었다

뜻밖의 선물

지방도로 내려서자
느닷없이 닥친 악취
이제 여기에는
바리바리 싸서 보내던 것들
하나도 없다
축사 두엄
오물로 범벅이 된 주둥이를 비비며
맛 좀 봐라
이게 촌이다
아우성이다
아무리 살펴도
싸서 보낼 건
이 똥바가지뿐
맛 좀 봐라
너희들 다 쓸어가고
범벅이 된
주둥이만 남아 꿀꿀대는

이게 촌이다
맛 좀 봐라

또 다른 돼지들

몇 년째 겨울이면 도착하는 역이었다

여행 안내서에는 당신들을 구제해줄 역이라 쓰여 있었지만

아무도 발권하지 않은 역이었다

돼지 같은 돼지들만 앞다투어 내리는 역이었다

기차는 이상하게도 그 역 앞에서 오금이 저렸다

이상하게도 그 역 앞에서 온몸이 가려웠다

몇 명 거기가 고향인 돼지들이 있었으나

돼지 같은 돼지들이 있었으나

너무나 끔찍한 기억이었으므로

일찌감치 가족관계증명을 불살라버렸다

조마조마했지만 자는 척 엎드려 있었지만

이상하게도 응급약은 바닥나 있었다

돼지들은 돼지 같은 돼지처럼 내려달라며 발광했다

기차는 어서 구제역을 빠져나오고 싶었지만

연료는 바닥나 있었다 바퀴는 벌써 녹슬어 있었다

누군가 물어뜯은 자리가 썩고 있었다

그 앞의 역 그 앞의 역에서 내리지 못한 돼지들을
돼지 같이 생긴 돼지들이 마구 난도질했다고 했다
묻어서는 안 되는 돼지들을 돼지 같은 돼지들이
산더미처럼 묻어버렸다고 했다
돼지처럼 생긴 돼지들의 말 못할 말 못할
비밀 때문이라고도 했다 몇 년 째 겨울이면
시동이 꺼지는 역이었다 바퀴가 녹아내리는 역이었다
돼지들이 돼지 같은 돼지들을 구제한 역이었다
아무것도 모르는 돼지들에게 미안하다며
돼지 같은 돼지들이 돼지를 뜯어먹고 있는 역이었다

빈소에 가면 웃음이 나오는 이유

당신의 어머니가 죽음 놀이 한다는 소식을 들었습니다 그대가 통곡 놀이 중이라는 소식도 들었습니다 아버지 장례 놀이 후 눈 코 뜰 새 없었으니 통곡 놀이 하면서 쉬시기 바랍니다 이승에서 저승으로 가는 정거장에 전 펼치고 앉아 촌지도 받고 절도 받고 술잔도 받으시기 바랍니다 언제 그런 호시절이 또 올까요 늦게 왔다 얼른 가는 이 경사輕士 경사剄死할 일입니다 생각할수록 분하고 원통한 일입니다 대성통곡하시기 바랍니다 저도 모처럼 조문 놀이 하며 놀고 싶지만 지금은 정말 짬이 나지 않는군요 나중에 제가 시체 놀이 할 때 심심해 주리 트는 벗들 불러 문상 놀이 즐겨주시기 바랍니다 저는 그때 병풍 뒤에 숨어 귀신 놀이 하고 있겠습니다 비통해하는 당신들 겨드랑이 간질이기 놀이 하겠습니다 언젠가는 저승사자 놀이 하며 회우할 날 있겠지요 그때까지 조금 고달프더라도 조금 얼토당토않더라도 사는 놀이 즐겨주시기 바랍니다

골문 앞

사흘 동안이나 붙들고 놓지 않던
이리 패스 저리 패스하던 사람들 손에서 놓여나
겨우 화장막 구멍을 찾아들어가며
망자들은 비로소 안도의 숨을 내쉰다고 한다
잘 있거라 나는 간다 이별의 말도 없이
라는 노래 가사처럼
글쎄 이게 어떻게 얻은
노 마크 찬슨데 말이어요
골문 앞에서 공을 놓치고 사람들은
털레털레 산을 내려왔다는데

나눔 070

여기저기 기웃거리며 보다가 엎드려 보다가 비스듬히 턱
괴고 보다가

안되겠다 슬며시 앉아 보다가 무릎 꿇고 보다가 엉엉 소
리 내어 울며 보다가

죽기보다 힘든 삶을 살아내고 있는 저 언덕 넘쳐 이리로
흐르니

그대여 노 저어 오라 어서 노 저어 눈물범벅 온몸에 훈장
처럼 두르고

한 번도 남을 위해 울어본 적 없는 한 번도 짓밟힌 풀잎 일
으켜 세워준 적 없는

도도한 땅 앞에 뚝뚝 핏자국 멍자국 흘러내린 눈물 되게

한때의 열병 가라앉힐 약이라 적어 두자 성장통에 먹는
독이라 적어 두자

한 대접 받들어 마실 더운 탄식이라 적어 두자

걸핏하면 우는 사람의 정체는 저 깡마른 강을 깨워 먼 길
나아가려는 다짐

노도처럼 범람해 우르르 달려나가며 마르고 주린 길 다

적시며 가려는 각오

  두레박 같은 걸로 고된 길 몹쓸 돌부리 다 길어 올리고야
말겠다는 다짐

  제 한 몸으로 다 마셔 버리고야 말겠다는 각오

기일忌日

아버지가 자꾸 집에 가자고 조르신다
노는 데 지친 아이처럼
집에 가자 집에 가자
이제 그만 집에 가자
내게도 집이 있지 않니?
집에서 죽자

아버지는 빠르게 이동한 구름
장대비를 이고 달리다
주저앉은 구름
아버지를 나룻배 같은 데
띄워 보내고
우리만 몰래 집으로 돌아와
밥을 먹었다

어찌 물어물어 오셨는지
아버지가 집에 오셨다

시치미를 딱 떼고
문을 열어드렸다

아버지 도대체
어디 갔다 이제 오시는 거예요?

봄의 화원

안 아파 미안하다 내가 더 오래 살 거 같아 미안하다 퀭한
눈 마주 쳐다볼 수 없어 미안하다 오늘도 세 끼 다 먹고 와
미안하다 화장실 간다 하고 맛있게 담배 피우고 와 미안하
다 또 오겠다 하고 두어 달 사이 나간 부의금 꼽아보고 있어
미안하다 죽어가는 겹동백 입술 농염해 보여 미안하다 매운
잡탕 소주 한 잔 간절해지고 있어 미안하다 체면도 없이 또
환장할 봄 가운데로 걸어나가고 있어 미안하다

느닷없는 높새바람에 꽃잎 휘날린 날
넌 지금 가서 내년 봄이면 꼭 오지만
난 언젠가 가면 다시 오지 않을
멍텅구리 바보 꽃

저승꽃

세상이 행한 모든 검사 필하였다는 품질보증서

혹독했으나 견딜만은 했지

더 이상 살펴볼 것도 없다며 하늘에서 내린 인증마크

여기 살다 다른 세상에 갔을 때

자랑스레 꺼내 보일 입국허가서

천지사방 쏘다녀도 좋은 특수여권

오늘 보니 저 어르신 별 하나 더 달아

큰별 모두 일곱 개

그 아래 총총 떠오른 잔별 수두룩

검색대 무사통과하며 빙긋이 웃으시네

거기 가면 별이 많아야 1등

뇌사에 대한 문학적 고찰

세계를 좌지우지하는 소프트웨어의 크기는
손가락 마디 하나
인간을 조종하는 뇌의 크기도
쏟아놓으면 한 접시
배후조종은 정체를 숨기느라 크기가 작다
지시하고 분노하고 쾌락을 거두어가는 뇌
몸은 한 주먹 뇌의 노예
흡연 음주 마약 섹스
이 모두 뇌가 하달한 명령
심심해 주리 트는 뇌가 즐겁자고
몸은 너절하게 망가지는 헌신짝
몸은 한 주먹 뇌의 노예
때가 되면 기진맥진 만신창이로 버림받는다
뇌사는 뇌에게 버림받기 전
몸이 먼저 뇌를 걷어찬 몸의 반격
재빠른 특공대가 몰래 잠입해
삽시간에 뇌를 무찌르고 온 것

뇌의 빈소에 조문까지 했으니
아 이제 아무 것도 부럽지 않고
아무 것도 즐겁지 않고
아무 것도 아프지 않아 좋아라
광포한 군주가 떠난 들판에 피어오른
넓고 오랜 평화의 기운
공손히 받들던 뇌를 깔고 앉은
몸의 휘파람 소리

마지막 한 잔

살아서 마시는 마지막 잔인데

안주가 없다는 게 쓸쓸한 일이었다

여보게 별고 없었는가 오랜만에 내 잔 받게나

주거니 받거니 술 동무가 없다는 게 적적한 일이었다

신김치 몇 토막 안주 삼아 거나해지다

어느 대목에선가 토라져 깡소주 몇 잔 연거푸 들이켤

마누라도 없다는 게 서글픈 일이었다

밀린 술값 닦달하다 어떻게든 곱게 달래 보내려고

어르고 달래던 늙은 주모도 없다는 게 허전한 일이었다

길바닥에 구겨져 있을 그를 쓸어 담아 줄

눈 좀 떠 보라고 재촉할 누군가도 없다는 게 서러운 일이

었다

유일한 용기였던 술잔을 비우기 전

그는 잠시 헛기침을 한 후 지독하게 말을 듣지 않던 자신

에게

'원샷' 하고 낮고 단호하게 명령했다

그러고 나니 더 할 말도 없었다

느닷없는 제의에 자신이 잠시 어리둥절해 있는 사이
그는 꿀꺽 잔을 비웠다
안주도 권주가도 건배 제의도 술주정도 숙취도 없을
마지막 한 잔이었다

거

용서해다오 내가 그랬던 거 그때 막 갔던 거

짓밟은 거 그냥 돌아서 온 거 말 못한 거 차버린 거

못 가진 거 못 가진 줄 알았는데 다 가진 거

그러고도 자꾸 서러워 울었던 거 잘 가라 말하지 못했던 거

돌멩이만 걷어찬 거 하늘만 바라본 거 못다한 거

그러고도 미안하다 말 못한 거 먼산만 바라본 거

주머니는 텅 비었지만 속은 그득했던 거

그러고도 자꾸 아프다 말한 거 너의 아우성 말없이 넘어
온 거

숨어 돌아서서 눈물만 흘린 거 너 없어도 이리 잘 살고 있
는 거

딱 거기까지만 살겠다고 맹세한 거 무수한 약속의 촛불을
켰던 거

돌아오며 다 꺼버린 거 이 거친 회한을 어느새 용서해 버
린 거

다 옳다 괜찮다 해버린 거 이제 눈물도 참회도 말라버린 거

너를 두고 나 혼자 저 먼 바다로 내빼는 거

거거 거 거 더듬더듬 우물우물 말꼬리를 흐린 거

나목

떨며 엎드린 바닥에 옷 벗어주고 기침 쿨럭이는 그대
나에게 다오 그까짓 것 기침뿐 아니라 그보다 더한 것
아무래도 터지지 않는 종기 같은 것
귀찮은 부스럼 같은 것 나에게 다오 그까짓 것
서러운 부귀영화 암 덩어리 같은 것 귀찮고 귀찮은 것
급체 더러운 코딱지 같은 것 자꾸만 떠오르는
눈물 같은 것 흥 하고 내뱉는 잔주름 같은 것
저렇게 휘날리는 미련 같은 것 그까짓 것
그토록 무성하던 푸른 잎을 다 놓치고 망연자실
어깨 늘어뜨린 당신 우듬지에 슬피 우는 접동새
맨 주먹 사금파리를 날리는 늙은 사내의 들썩이는
어깨 나에게 다오 잃어버린 것이 아니라 돌려준 것
어두운 무덤 같은 것 통곡 같은 것 호시탐탐
잠복해 있다가 쳐들어온 나태 같은 것 세포 같은 것
암 나부랭이 같은 것 껄렁한 좀도둑 같은 것
나쁜 놈의 음담패설 같은 것 자지러지는 저주 같은 것
그까짓 것 처음 자리로 미끄럼 타고 내려간

못 잊을 회한 같은 것 운명 같은 것 천 배 만 배
그보다 더한 그까짓 것 나에게 다오 그까짓 것

노숙에게

너를 보니 몇 푼 적선으로는 안 된다는 생각
한 끼 밥으로는 안 된다는 생각
초겨울 꽃대처럼 말라서
안으면 바스라질 것 같은
길 위의 것들
너를 한번 안아주는 것으로는 안 된다는 생각
떨며 선 나목과 새와 길고양이와
청설모와 멧돼지와 좀도둑과 육교와
세상 모든 노숙
나도 너에게 무엇인가를 받고
그 보답으로 내가 너에게
무엇인가를 주면 안 되겠니
너의 배고픔과 나의 배부름을
공평하게 맞바꾸는 건
너의 싸늘함과 나의 따스함을
신나게 맞바꾸는 건
저울 하나 갖다 놓고

정확하게 칼로 잘라 맞바꾸는 건
바람이 달아주는대로
이 무거운 등짐 맞바꾸는 건

파지破紙

하루살이들이 창틀에 가득 죽어 있다
옹기종기 밤 마실 나왔다가 내일은 무얼 할까
궁리도 해보다가 오늘 마음 상한 것들끼리 다투기도 해보
다가
저기 안에 무엇이 있다 안경 쓴 인간 같은 게 있다
떼 지어 문을 두드리다 머리 처박고 고꾸라졌다
그렇게 단 하루 허락된 생
그렇게 단 한 번 허송세월한 하루가 전멸이다
처음이자 마지막
곡해 줄 놈도 없는 황천길 봉창을
꼭 눌러 닫는 게 아니었다
욕을 했겠지 저주를 퍼부었겠지
애타게 피가 마르도록 소리칠 무엇이
문을 두드리다 머리를 쥐어박고 전멸이다
차마 말 못할 무엇이 있었던 것인데
저리 수북하게 쌓인 파지들

길

예까지 걸어와
쑥대밭 된
흰 머리칼
한바탕 비 쏟고
뻘밭 지나
환하게 핀
잔주름 하늘
가랑가랑 뒤집어진
푸서릿길 녹슨
자전거

봄 복수

원수는 칼로 갚는 게 아니야
눈물은 웃음으로 살 에던 눈바람은
다만 이렇게 따스한 꽃바람으로 갚는 것
한여름 뙤약볕 세례는 날렵한 갈바람으로 갚았지
너 가는 길에 깔아 놓은 초록 융단
네가 쏘아 보낸 살얼음 칼침 다 받아들인 후
이윽고 잔잔하게 번지는 미소
내가 터트린 꽃 폭탄 맞고
일어나라일어나라 원수의 자식들아
얼어붙은 원한일랑 손에서 놓아라
삐뚤삐뚤 개울물로 잘도 흘러가는
봄 복수 너는 침착하기도 해서
토막 난 사체들 어르고 달래며
어디 양지바른 곳에 묻어주려고
저리 신나게 달려가는 중
복수의 화신化身 화신花信들아

노심초사의 즐거움

　난장에 나와 우왕좌왕 하다 보니 어느덧 파장무렵이다. 가지고 나온 물건이 낡고 투박한 것이어서 늦은 장터를 오래 지키는 신세가 되고 말았다. 맵시 있는 것들을 가지고 나온 장꾼들이 물건을 다 팔고 떠들썩하게 더 큰 장으로 옮겨간 뒤에도 내 앞에는 여전히, 차마 버릴 수 없는 것들이 남아 있었다. 그것들이라도 챙겨 어서 다른 장터로 옮겨야 했으나 그러지 못했다. 차마 버리고 갈 수 없었던 그것. 땡처리도 할 수 없었던 그것.

　등단 시점으로 치면 30년이지만 살아온 것으로 치면 60년을 보내며 내는 시집이다. 무척 즐겁고 애틋하고 뭉클하고 아프고 고되고 슬프다. 너무 오래, 어눌한 말을 내뱉었다. 엄밀히 말해 그 말들은 하나도 나의 것이 아니었다. 세상의 파장이요 자연의 율동이었다. 나는 그것들의 말을 엿들은 염탐꾼이었고 누군가가 무심코 흘리고 간 말을 주워 담아 궁굴려본 흉내쟁이였다.

막다른 강마을에서 7년을 살았다. 둘 이상을 가지는 게 버겁고 둘 이상을 생각하는 게 차차 어려워졌다. 처음엔 퇴행인 줄 알고 낙심했으나 그것도 진보가 될 수 있겠다는 생각을 했다. 우리가 진보인 줄 알고 건너뛰고 넘어온 길들이 무지막지한 퇴행이 되고 있지 않은가. 시내로 나가는 버스가 하루 네댓 번이고 구멍가게도 하나 없고 이야기 통하는 사람 하나 없는 그곳을 나는 잘 살아냈다. 대화상대는 내 안에 도사린 온갖 잡다한 나만으로도 충분했다. 내가 심심할까 봐 길고양이와 새들과 벌레들이 내 머리맡에 와 놀다 갔다.

勞心焦思. 평화로운 변방에 들어와 살면서 유유자적하지 않으려고 내가 나에게 내린 행동강령이었다. 노심초사, 참 가혹한 말이다. 그러나 나란 놈은 매사에 게으르고 요령부득이어서 이렇게 무언가로 딱 부러지게 닦달하지 않으면 옆길로 빠지기 일쑤였다. 하여 이런 어마어마한 지침을 스스로 하달한 것이었다. 풍경에 반하고 향기에 반하고 적요에 반해 혼미해지려는 나를 다그치려면 인정사정없이 단호해져야 했다.

노심초사. 사실 그건 새롭게 떠올린 말이 아니었다. 온갖 크고 작은 상념과 씨름했던 십대 중반에 이미 거머쥐었던 말이고, 그 뒤로도 희희낙락하려는 나를 내리치는 매운 죽비로 사용했던 말이었다. 아무 짓도 않고, 아무 생각도 않고 물끄러미, 잔잔하고 평화롭게 흘러가는 강만 바라보고 있는 나에게 노심초사의 죽비를 내리쳤다.

낙동강이 지척인 마을에서 태어나 그런지 나는 유순한 강을 좋아했다. 산과 바다도 좋지만 나는 분명 강의 유전자를 물려받았을 것이다. 그래서 어슬렁 유유자적 강변을 걸었는데 어느 날 불현듯 이게 아니라는 생각이 들었다.

아직은 평화를 구가할 때가 아니지 않니?

세상은 더 오리무중이고 아비규환인데

너 혼자 달관할 때가 아니지 않니?

나는 강을 따라 팔자걸음을 걷고 있는 나에게 이렇게 추궁했고 곧 강변 산책을 그만두었다. 내가 바라볼 지점은 아직까지는 저 건너 도시 변두리의 시끌벅적한 난장이었던 것이다. '아직'이 아니라 어쩌면 죽을 때까지 도시 변두리의 번다스러운 일상을 벗어나지 못할 것이란 예감도 들었다.

얼마간 탐닉했던 강마을의 고요한 평화야말로 얼마나 불길한 조짐인가. 얼떨결에 주어진 평화를 서둘러 강물에 던져버리고서야 나는 안심하고 가슴을 쓸어내렸다. 천만다행이었다. 더 이상 아쉽지도 그립지도 안타깝지도 슬프지도 않다면 그것이야말로 무료하고 무의미한 감옥일 것이다. 어떻게든 평화롭고 무료한 감옥을 탈출해야 했다.

그렇게 나는 다시 서럽고 아픈 마음에 경배했다.

소음이라고는 가끔 짖는 개 소리가 전부였다. 개들은 그 고요와 평화가 불만이라는 듯 한번 짖기 시작하면 아무 대꾸도 없는 허공을 줄기차게 물어뜯었다. 그 소리에 나의 가슴이 콩닥거렸다. 저 녀석이 어느새 나의 나태를 알아버린 것일까? 그 의문에 답하듯 길 건너편 개들까지 합세해 더욱 요란하게 짖기 시작했다. 광활한 적요가 주는 평화를 깨고 개들은 그렇게 일정한 간격과 높이로 내 의식을 난도질했다. 이 적요는 불길하다고, 이 적요는 거짓이라고 말하고 있었다. 정적만이 뒷짐 지고 걸어다니는 골목, 지나는 행인도 없는 길을 향해 줄기차게 짖어대는 개의 항변은 분명 나를 향한 것이었다. 생각은 거기에까지 이르렀다.

그렇게 소리치는 동네 개들의 질타를 듣고 있다가 불현듯 이 말이 내게 왔다. 노심초사. 하늘이 나를 어여삐 여겨 나를 닦달할 매운 회초리 하나를 내려주신 것이다. 옳거니, 나는 얼른 엎드려 그 회초리를 받았다. 그리고 지금 그것과 함께 살고 있다. 나는 잠시도 쉬지 않고 세상 앞에 애태우는 마음 노동자다.

외람되고 염치없게도 나는 다시, 나에게 찾아와 줄 봄을 기다리고 있다. 이렇게 오래 여러 번의 봄을 기다리게 될 줄 몰랐다. 나의 봄은 대부분, 봄을 기다리던 마음을 내려놓고 겨울을 수긍하려고 할 때쯤 찾아왔다. 이제 더 이상 그것은 나의 몫이 아니라고 끈을 놓아버릴 즈음 찾아왔다. 어김없이 오는 봄을 나는 늘 시험하고 의심했다. 봄을 기다린다 해놓고, 봄을 애타게 부르고 있다 해놓고, 정작 나는 어느새 마음의 빗장을 닫아걸고 있었다. 문을 열고 들녘에 나가보니 저만치 당도한 봄이 왁자지껄하다. 그들은 어느 귀퉁이에 숨었다가 느닷없이 나타난 게 아니라 나에게 건네줄 무엇인가를 들고 꽁꽁 얼어붙은 겨울들판을 건너오고 있었던 것이다.

출간을 앞두고, 7년을 살았던 강마을을 떠나 햇볕 좋은 바닷가 마을로 거처를 옮기게 되었다. 강은 잘 가라고 손을 흔들어주었고 그 중 몇 줄기의 강물이 나와 동행해 주었다.

다시 나는, 돈 떨어진 건달처럼 가고 있다.

일광 바다에 쏟아지는 아침 햇살을 맞으며
2017년 1월. 최영철

실천시선 250

돌돌

2017년 1월 23일 1판 1쇄 찍음
2017년 12월 10일 1판 2쇄 펴냄

지은이   최영철
펴낸이   정소성
편집   정미라, 성유빈
디자인   한시내
관리·영업   이승순, 박민지
펴낸곳   (주)실천문학
등록   10-1221호(1995.10.26)
주소   서울특별시 성북구 보문로 82-3, 801호(보문동 4가, 통광빌딩)
전화   322-2161~5
팩스   322-2166
홈페이지   www.silcheon.com

ⓒ 최영철, 2017

ISBN 978-89-392-2250-2 03810